EDELVIVES

ALA DELTA

La patulea de la reina

Agnès Bertron

Ilustraciones
Roser Capdevila

Traducción
P. Rozarena

Desde que se casó, la reina se aburría mortalmente.

Y eso que amaba con ternura al rey.

Encontraba que el palacio dorado era muy frío, los fieles servidores anticuados y los árboles del parque demasiado rectos.

Cuando los soldados del rey desfilaban marcando el paso le producían tal tristeza que le entraban ganas de llorar.

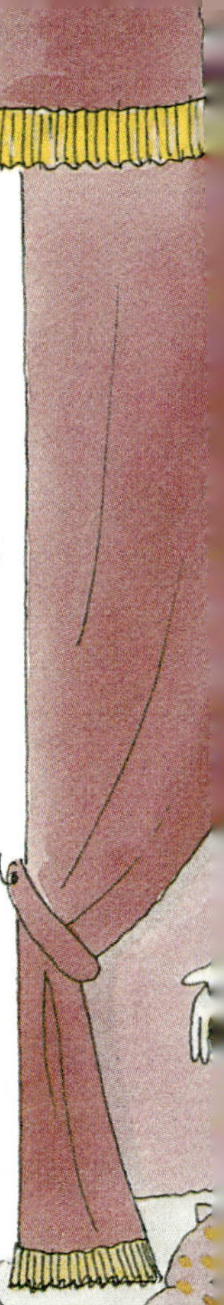

Por fin, una noche, la reina dio a luz un niño.

Cuando nació su primer bebé, la reina, al verlo, lanzó un grito de alegría.

—¡Mira, rey mío y amigo mío! ¡Mira qué niño tan guapo y tan robusto! Vale más que mil tesoros. Adoro a los niños. ¡Espero que tengamos muchísimos!

Tuvieron exactamente doce,
uno detrás de otro, naturalmente.
Niñas y niños, unos rubios
y otros morenos.

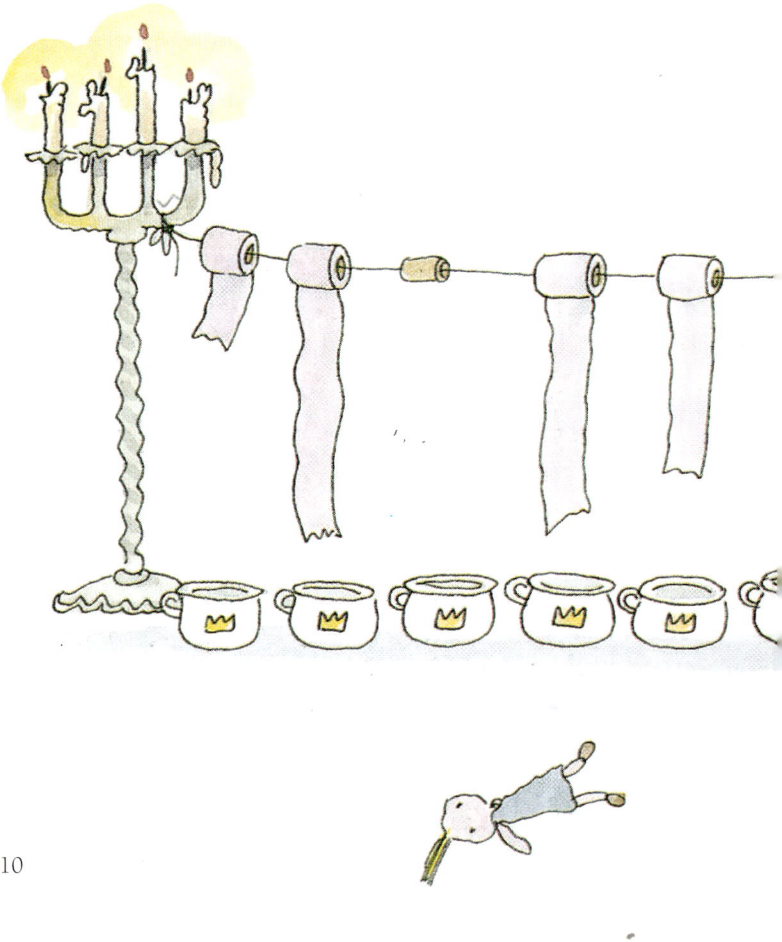

A los chicos les llamaron Arturo, Alfonso, Alberto, Adolfo, Armando y Álvaro.

A las niñas las llamaron Beatriz, Benita, Berta, Betina, Belinda y Blandina.

El rey y la reina tenían una hermosa y sana chiquillería.

La reina estaba loca de alegría. Adoraba de tal manera a sus hijitos que decidió que ella misma se iba a ocupar de ellos. Así que rechazó a la cocinera, a la nodriza y al preceptor que el rey quería contratar.

Ella alimentaba a sus bebés, los besaba, limpiaba sus traseros gordezuelos y balbucía con los más pequeños «agú, agú...» y «busí, busí...».

Cuando la oía hablar así, el rey le decía:

—¡Majestad, ésa no es forma de hablar para una reina!

Pero la reina le contestaba:

—Queridísimo mío, permíteme hacerlo, ¡yo sé hablar con los bebés!

Para los pequeños que no levantaban tres palmos del suelo, la reina preparaba comidas principescas.

Y se reía a carcajadas cuando pringaban su traje de seda con churretones de puré de zanahoria.

El rey se enfadaba:

—¡Majestad, vaya una facha para una reina!

Pero la reina le contestaba:

—Mi querido rey, un poco de paciencia, es difícil aprender a comer, ¿sabes?

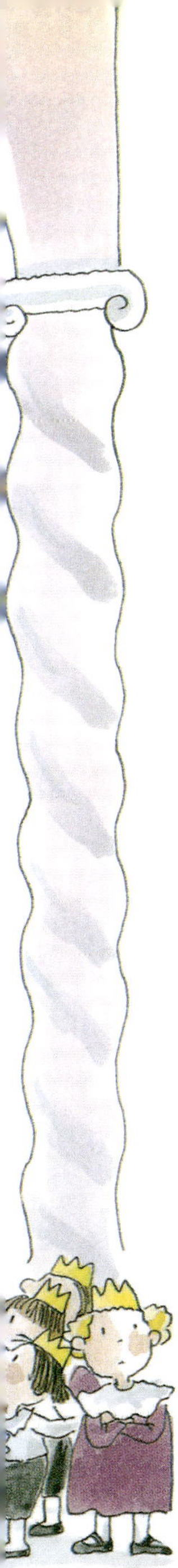

Con los que sabían andar y correr, la reina echaba carreras por los pasillos, ¡hasta bajaba la escalera resbalando por el pasamanos!

Los niños dibujaban en las paredes del palacio, grababan sus nombres en los árboles del parque y excavaban hoyos en el césped del jardín...

Los soldados se reían y la reina estaba encantada.

¡Se sentía orgullosa de sus chiquillos!

Y por las noches, cuando ya todos los niños estaban acostados, la reina decía al rey:

—Tenemos unos hijos maravillosos, y este palacio es ahora muy alegre, ¿no te parece?

Y el rey murmuraba:

—Bueno, sí...

Ocurrió un día que Belinda cortó en pedazos el traje de gala de su padre.

Y entonces el rey montó en cólera. Y gritó a la reina:

—¡Majestad, me habéis
hartado! ¡Estoy de estos chiquillos
hasta la corona! ¡Este palacio
parece una chabola!
¡Y tú pareces una pordiosera!
¡Tus queridos niños
me aturden con sus gritos!
¡Yo soy el rey, y he decidido
que todo esto va a cambiar!

La reina se sintió terriblemente ofendida, y exclamó:

—¡Pues bueno, si te vas a poner así, me largo y mis niños se vienen conmigo!

Reunió a sus hijos, salió del palacio dando un portazo, y echó a andar rodeada por toda su patulea.

El rey, al principio, se sintió contento; por fin había conseguido un poco de tranquilidad.

Pero al anochecer empezó a arrepentirse de haberse enfadado tanto y se le saltaban las lágrimas al pensar en la pobre reina y en sus doce niños solos en mitad de la noche.
Y envió a los soldados y a los criados en su busca.

La reina se había refugiado en una vieja granja con todos sus hijos. Estaba furiosa con su marido, el rey:

—¡Qué marido tan horrible! ¡Qué padre tan espantoso!

Los niños no opinaban como ella.
Se acordaban mucho de su papá
y todos se habían echado a llorar
diciendo que querían volver.

Mientras tanto, los bandidos del país se habían enterado de que los soldados y los criados andaban por los caminos y que el rey estaba solo.

Al amanecer, entraron en sus reales habitaciones, le ataron y saquearon el palacio.

La reina, después de haber pasado una mala noche, había decidido volver. Y llegó justo a tiempo.

Sus chiquillos, hablando con ella muy bajito, tramaron un plan estupendo.

En un abrir y cerrar de ojos, andando de puntillas, la reina y sus hijos reunieron puré, pintura, tierra y mermelada. Se disfrazaron de monstruos pringosos.

Corrieron por todo el palacio
y saltaron sobre los bandidos
aullando.

Los ladrones, muertos de miedo,
huyeron despavoridos.

Cuando los soldados
y los criados volvieron al palacio,
tristísimos por no haber podido
encontrar a la reina y a los niños,
todo estaba ya arreglado.

El rey había felicitado a la reina por haber acostumbrado a sus hijos a utilizar su imaginación.
Y todos se habían lavado, abrazado y reconciliado.

Porque en la vida, un poco de orden y algunas reglas conviven perfectamente con la creatividad y la fantasía.

Arturo, Alfonso, Alberto, Adolfo, Armando, Álvaro, Beatriz, Benita, Berta, Betina, Belinda y Blandina lo comprendieron muy bien.

Y desde entonces,
no hay nadie tan orgulloso
de sus hijos
como el rey y la reina.